# ANHELOS

editorial amanuta

*Para Digby, Dug, Buddy, Radnor*
*y sus queridas familias* – C.A.

*Para mis niñas inglesas favoritas, Aurele y Caz.*
*Gracias a Sarah* – S.P.

# ANHELOS

Colección Sin Límites


Santiago, Chile
www.amanuta.cl

Título original: *Hope*
Publicado originalmente en 2019 por words & pictures
an imprint of The Quarto Group
The Old Brewery, 6 Blundell Street,
London N7 9BH, United Kingdom
www.QuartoKnows.com

Traducción: Andrea Torres
Primera edición: enero 2021
ISBN: 978-956-364-154-7
Impreso en China



MIX
Paper from responsible sources
FSC® C124385

Averiss, Corrinne
Anhelos / Corrine Averiss
1º ed. – Santiago: Amanuta, 2021
[32] p.: il.col; 23,5 x 29 cm. (colección Sin Límites)
ISBN: 978-956-364-154-7
1. CUENTOS INFANTILES INGLESES 2. ESPERANZA – LITERATURA INFANTIL 3. LIBROS ILUSTRADOS PARA NIÑOS 4. MASCOTAS – LITERATURA INFANTIL
I. Pelon, Sébastian, il.
II. Título.

# ANHELOS

Corrinne Averiss

Sébastien Pelon

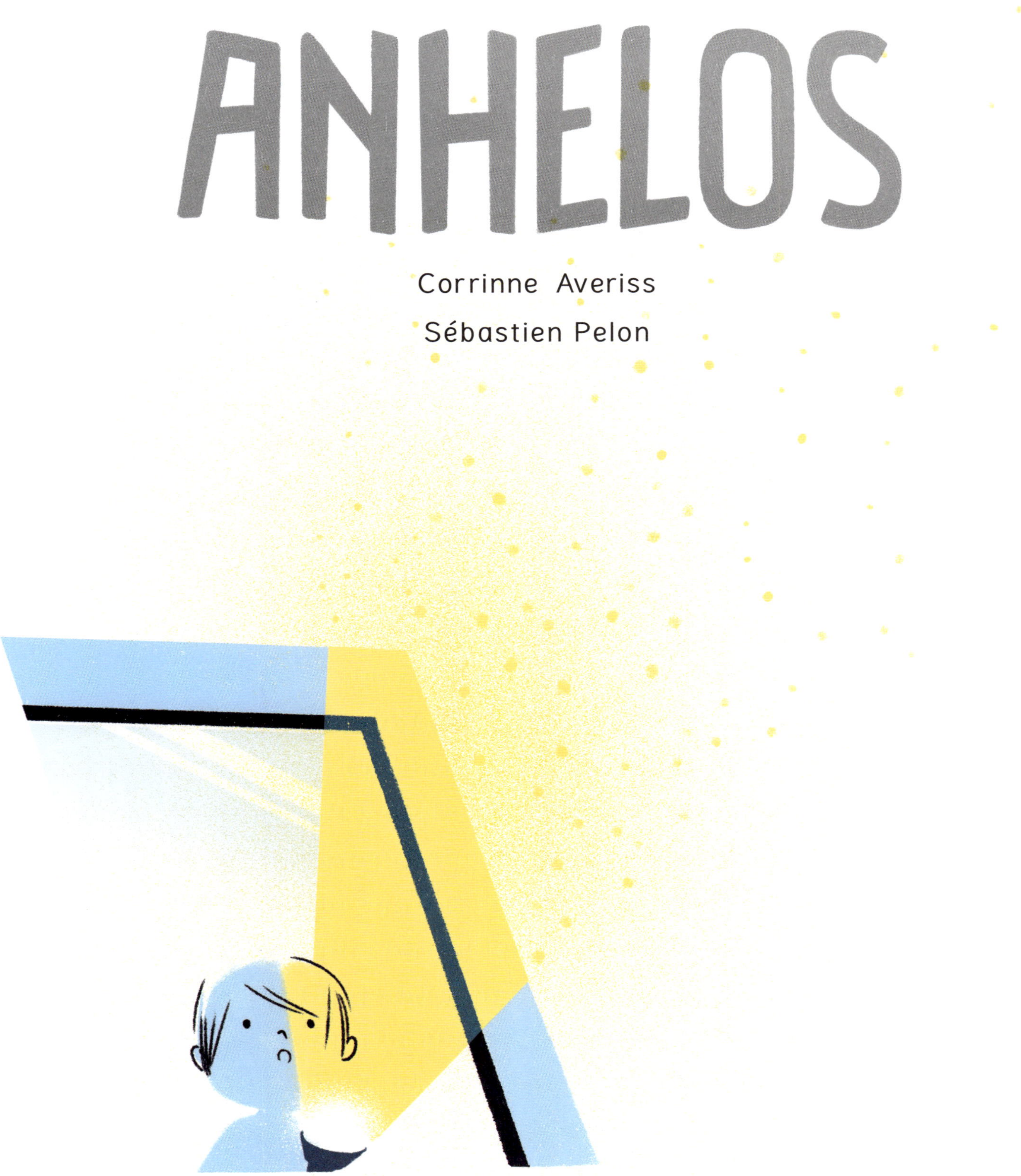

editorial amanuta
COLECCIÓN SIN LÍMITES

Cometa era el mejor amigo de Juan.
Le encantaba llevar a Juan al parque.

Le encantaba sentarse cerca
de él mientras Juan jugaba.

Y sobre todo, le encantaba
dormirse en la carpa de Juan.

Pero un día, Cometa no
quiso dejar su cama.
Ni para pasear.
Ni para jugar a los trenes.
Ni siquiera para una siesta
en la carpa de Juan.

"Está enfermo", dijo mamá.
"Necesita ir al veterinario".

Juan envolvió a Cometa en su manta favorita
y papá lo subió suavemente al auto.

"¿Qué le va pasar?" preguntó Juan.

"Trataremos de curarlo", dijo el veterinario en voz baja. "Podría mejorar o podría empeorar, pero lo cuidaremos".

“¿Puedo quedarme con él?” le preguntó Juan a su papá.

Papá dijo que no con la cabeza.

Ya en casa, Juan se acurrucó en su carpa. Bajó la solapa para que estuviera oscuro y sus ojos se llenaron de lágrimas.

¡Un halo de luz apareció en la pared!
Trazó un remolino, y desapareció...

"¿Puedo entrar?"

Era papá, con
una linterna.

“Te ves triste”, dijo. “Yo también me siento triste”.

“¿Qué podemos hacer?” suspiró Juan.
“Solo podemos tener esperanza”. Papá le dio la linterna a Juan. “Tener esperanza es mantener una luz encendida, por muy oscuras que parezcan las cosas”.

Cuando papá se fue de la carpa, Juan apagó la linterna.

La encendió de nuevo.

Apagada, encendida, apagada, encendida.

Tener esperanza no era fácil.
Pero Juan estaba dispuesto a
cualquier cosa por Cometa. Así
que mantuvo su luz *encendida*.

Durante la cena, Juan anheló que Cometa fuera valiente.

En la tina, quiso que le rascaran detrás de las orejas, tal como a él le gustaba.

Y a la hora del cuento, deseó que Cometa volviera a casa sintiéndose mejor que nunca.

Con esperanza, las cosas no parecían tan malas.
"Quiero que se mejore", le dijo a papá, mientras le daba un beso de buenas noches.
"Lo sé", respondió papá, "yo también".

Juan no podía dormir. Miró su luz en la pared.
De repente se sumó una luz aún más grande,
que entraba desde su ventana...

# ¡La luna!

¡Llena y brillante en el cielo nocturno!

*Tener esperanza es mantener una luz encendida, por muy oscuras que parezcan las cosas*, pensó. “Gracias, luna”, dijo. Y tuvo un anhelo más grande que todos los anteriores...

El anhelo de que Cometa supiera cuánto lo quería.

Cuanta más esperanza tenía Juan, más luces veía aparecer en el cielo. Hasta que sus ojos comenzaron a cerrarse y se quedó dormido.

Mientras Juan dormía, sus anhelos resplandecían con otros en el cielo nocturno. Grandes y pequeños anhelos. Viejos y nuevos anhelos.

La luz centelleó sobre la clínica veterinaria al otro lado de la ciudad. Todos los animales descansaban quietos y tranquilos, mientras los anhelos de los humanos brillaban a través de las ventanas para encontrarlos.

“¡DESPIERTA, DORMILÓN!” gritó papá.
Juan se levantó de un salto y bajó las escaleras lo más rápido que pudo. ¡Tan rápido que se resbaló en el último escalón y aterrizó sentado!

En el suelo al frente suyo
estaba la cama de Cometa. Su
manta favorita estaba adentro.

Pero, ¿dónde estaba Cometa?
¿Papá había regresado sin él?
¿Seguía enfermo?

Entonces...

"¡GUAU!"
"¡COMETA!"
Juan lo abrazó muy fuerte.

"Está cansado pero está mucho mejor", comentó mamá.
"Siempre esperé que te mejoraras", dijo Juan.
"¡Mis anhelos fueron hasta la luna y volvieron!"

Cometa pronto se recuperó lo suficiente como para volver a caminar hasta el parque.

¡El nuevo túnel fue un gran éxito!

Incluso le dieron permiso para
dormir en la carpa de Juan...

...cada vez que
Cometa quisiera.